MISTER COELHO

vol. 2

Best Friends Books

Texto e ilustrações Rita Maneri
Tradução Ricardo Coen Pirani e Silvia Albertini

http://www.bestfriends-books.com
https://www.facebook.com/TheBestFriendsBooks

© 2014 Rita Maneri todos os direitos reservados
Primeira edição abril de 2015
ISBN-13: 978-1512151787

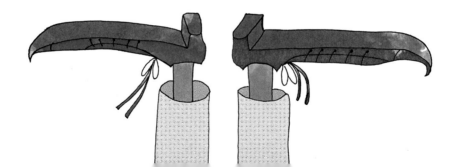

Mister Coelho

é o amigo mais maluquinho que se possa imaginar.

Primeiro

porque sai sempre com o guarda-chuva,
mesmo se lá fora faz sol.

Segundo

porque usa sempre sapatos de duas cores.

Terceiro

porque comprou um despertador muito precioso
que em vez de tocar, ronca o tempo todo.

Mister Coelho

mora em uma cartola.
Isso mesmo, a única cartola no mundo
com quarto de dormir, sala, sótão e porão.

Um dia

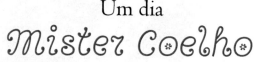

cai da cama e descobre no Calendário da Amizade,
pendurado ao contrário,
que é convidado a almoçar na sua caríssima amiga

ZZZ

"Uh uh, um almoço?
Na **Miss Galinha?**
Fará certamente
um doce de surpresa!
Preciso correr..."

E rola as escadas abaixo
para ir à cozinha tomar
a sua bebida preferida:
suco de cenourinhas frescas.

É mesmo, a cozinha...
Onde estará desta vez?

Mister Coelho

nunca encontra a cozinha.

Encontra o bule de leite, encontra a cafeteira,
mas a cozinha não! Então tudo pra fora...

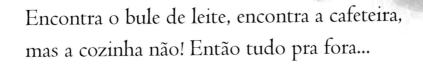

Mister Pombo

saltita ali por perto.
Acabou de voltar de férias.

"Oi amigo...
mas ainda está de pijama?
Miss Galinha nos espera!"

E voa longe para não levar
uma chaleira na cabeça!

Mister Coelho
está muito atrasado.
Corre no sótão
para procurar os sapatos.

"Uh, Uh! Que sapatinhos doidinhos!"

São bonitos, são coloridos...
Mas aqueles verdes são dois esquerdos,
aqueles amarelos dois sapatinhos direitos.
E assim todos os outros!

Mister Coelho não sabe o que fazer.
Afinal escolhe um sapato esquerdo azul
e um direito vermelho.

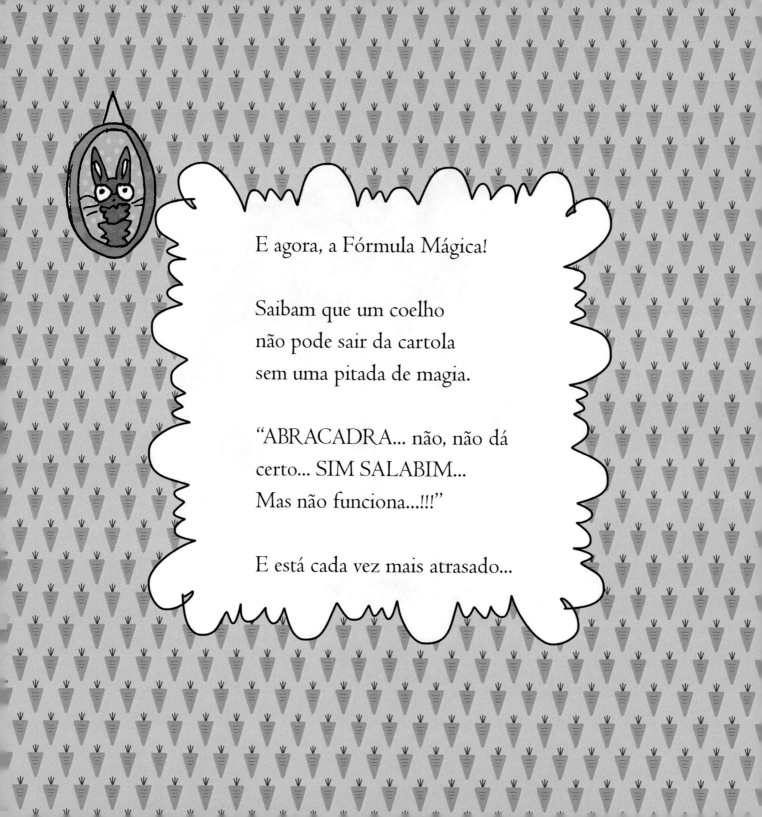

E agora, a Fórmula Mágica!

Saibam que um coelho
não pode sair da cartola
sem uma pitada de magia.

"ABRACADRA... não, não dá
certo... SIM SALABIM...
Mas não funciona...!!!"

E está cada vez mais atrasado...

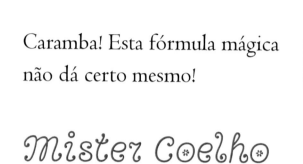

Caramba! Esta fórmula mágica
não dá certo mesmo!

Mister Coelho

está desesperado: "Pobre de mim!
Como faço para alcançar meus amigos?"

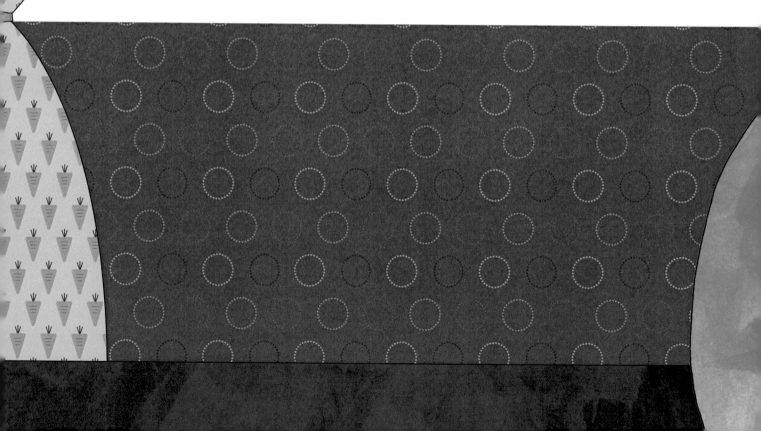

Pancho, o seu peixe vermelho orelhudo,
tem uma boa ideia.
Manda-lhe uma mensagem na garrafa!

"Uma mensagem na garrafa
do aquário de Pancho?!
Viva! Leio agora mesmo..."

Mister Coelho

desenrola o pergaminho e lê em voz alta:

5 REGRAS DE OURO PARA SAÍREM SÃOS E SALVOS DE UMA CARTOLA

1. saber de cabeça a seguinte Fórmula Mágica (em panchês)

2. pegar o guarda-chuva
3. fechar os olhos
4. dar três pulos à vontade
5. gritar a Fórmula Mágica

Mister Coelho

se vira bem com o panchês.
Lê e relê as 5 regras de ouro.
Depois fecha os olhos,
embraça o guarda-chuva,
dá 3 pulos de felicidade
e esgoela a Fórmula Mágica
(aquela correta).

"FUNCIONA!

OBRIGADO PANCHO!!

UH UH, QUE LINDAS ESTRELAS.

PELAS MIL CENOURINHAS!"

Mister Coelho

voa no céu mais alto que a lua.
Com o guarda-chuva, por sorte!

Mas já é noite!

Mister Coelho

voa e paira no céu estrelado,
e aterrissa no jardim de Vila Cebola na hora do jantar.

"Uh Uh, boa noite minha amiga!
Para o almoço estou atrasado
mas sou todo bigodes para o jantar!"

Miss Galinha

está escolhendo a concha para o *grand finale*.
"Mas qual jantar!
Estamos no final do almoço,
todos prontos para a minha especialidade!"

Pão ensopado

Miss Galinha

é a cozinheira de caldos mais famosa da cidade.

O seu menu tem ao menos 10 pratos!

Sopa de peixe

Caldo de vinho

Sopa de cenoura

Antepastos
em taça grande

Verduras na
água doidinha

Salada de fruta
fervida

Brinde
em caldo

Sopa
de cogumelões

Mister Coelho

corre à mesa.

Chega mesmo no momento certo!

Miss Galinha
serve a todos os amigos o seu delicioso,
megamaravilhoso, de dar água na boca...
CALDINHO DE CHOCOLATE!!!

Em um piscar de olhos o doce termina.
Estão todos satisfeitos,
mas há quem fique acordado
e quem caia no sono!

MISTER PINTINHO

pega uma última taça.

Ele é um especialista em chocolate,
visto que é único pintinho no mundo
nascido de um ovo de Páscoa!

MISTER PINTINHO é o único pintinho no mundo nascido de um ovo de chocolate. Se quer descobrir o que está aprontando, não perca o terceiro volume da série Best Friends Books!

http://www.bestfriends-books.com
http://www.facebook.com/TheBestFriendsBooks

Os volumes da coleção Best Friends Books saem com frequência bimestral e estão disponíveis em português, italiano, inglês, francês, espanhol e alemão.

Mister Coruja é um novo Best Friend!
Você também pode desenhar um dos melhores amigos
na página à direita e enviá-lo ao endereço

info@bestfriends-books.com.

Publicaremos os desenhos
na página do Facebook dos
Melhores Amigos!

https://www.facebook.com/TheBestFriendsBooks

45477705R00025

Made in the USA
Middletown, DE
05 July 2017